L'ORIENTALISME

RENDU CLASSIQUE

DANS LA MESURE DE L'UTILE ET DU POSSIBLE,

SUIVI D'UNE

LETTRE A M. JULES MOHL

SUR LA LANGUE PERSE.

SECONDE ÉDITION,

AUGMENTÉE DE DOCUMENTS ET CORRESPONDANCES
SUR L'ÉTAT PRÉSENT DE LA QUESTION ORIENTALISTE.

Lillah el-maschreq wa'l-maghreb.
A Dieu appartiennent l'Orient et l'Occident.
(*Cor. sur. II, 109.*)

Sordent hausta nimis; puros accedere fontes
Nunc juvat. Emergunt non cognita scripta Latinis:
Tùm quæ sævus Arabs cecinit modulamine prompto;
Tùm quibus incumbunt, Zoroastris pauper et exul
Plebs, Ormazicolæ; tùm sinica carmina, vel quas
Grandes Iliadas nobis vetus India promit.

***

PARIS,
CHEZ BENJ. DUPRAT,
LIBRAIRE DE LA SOCIÉTÉ ASIATIQUE,
CLOÎTRE SAINT-BENOÎT, 7

NANCY,
CHEZ N. VAGNER,
IMPRIMEUR-LIBRAIRE-ÉDITEUR,
RUE DU MANÉGE, 3

1854.

L'ORIENTALISME

RENDU CLASSIQUE

DANS LA MESURE DE L'UTILE ET DU POSSIBLE,

SUIVI D'UNE

LETTRE A M. JULES MOHL

SUR LA LANGUE PERSE.

SECONDE ÉDITION,

AUGMENTÉE DE DOCUMENTS ET CORRESPONDANCES

SUR L'ÉTAT PRÉSENT DE LA QUESTION ORIENTALISTE

Lillah el-maschreq wa'l-maghreb.
A Dieu appartiennent l'Orient et l'Occident.
(*Cor. sur. II, 109.*)

Sordent hausta nimis ; puros accedere fontes
Nunc juvat. Emergunt non cognita scripta Latinis :
Tùm quæ sævus Arabs cecinit modulamine prompto;
Tùm quibus incumbunt, Zoroastris pauper et exul
Plebs, Ormazicolæ ; tùm sinica carmina, vel quas
Grandes Iliadas nobis vetus India promit.

***

PARIS,
CHEZ BENJ. DUPRAT,
LIBRAIRE DE LA SOCIÉTÉ ASIATIQUE,
CLOÎTRE SAINT-BENOÎT, 7.

NANCY,
CHEZ N. VAGNER,
IMPRIMEUR-LIBRAIRE-ÉDITEUR,
RUE DU MANÈGE, 3.

1854.

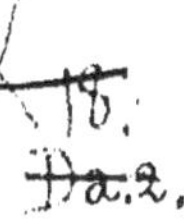

NANCY, IMPRIMERIE DE VAGNER
RUE DU MANÈGE, 3.

L'ORIENTALISME

RENDU CLASSIQUE.

Comme des personnes graves ont jugé que les considérations présentées ci-après, sur un des principaux moyens possibles de ranimer les **Facultés des Lettres**, *ne devaient pas arriver seulement sous les yeux de l'*Autorité, *mais être soumises aussi à l'examen du monde savant,—nous nous faisons une loi de déférer à leur avis.*

Toutefois, il serait superflu, ce nous semble, de livrer pour cela à l'impression le **Mémoire** *entier, dont certaines parties n'avaient qu'une utilité relative. — Nous aurons fait assez pour répondre à l'espèce de nécessité qu'on nous signale, si nous publions les portions essentielles de notre labeur; si nous réimprimons, par exemple, le long fragment qu'a jugé à propos d'en extraire, et d'insérer avec bienveillance dans ses colonnes, une feuille consacrée aux sciences,* l'Athenæum français. *En effet, la partie choisie là, était bien, au point de vue du public lettré, la partie importante, puisque l'autre moitié du morceau touchait à des côtés de la question moins scientifiques et plus administratifs.*

On se bornera donc à reproduire ici, comme très-suffisant,— comme avantageux d'ailleurs à la cause, — l'article même de l'Athenæum. *Car, d'une part, cet article renferme, comme citation prise de notre texte, une série de passages étendus et suivis, lesquels coïncident à peu près avec la totalité des arguments dont là dedans il peut être bon que le public ait connaissance; et de l'autre, c'est quelque chose, pour attirer l'attention de maints lecteurs, — hommes instruits et sensés, mais à esprit timide ou paresseux, — que l'assentiment déjà donné aux raisons et aux conclusions du Mémoire, par un journal qui est l'œuvre* d'académiciens, *notamment d'orientalistes connus.*

EXTRAIT DE L'*ATHENÆUM FRANÇAIS*.

UN MOYEN

D'AUGMENTER LE MOUVEMENT VITAL

DES FACULTÉS DES LETTRES,

ET D'ACCROITRE LEUR UTILITÉ.

Un mémoire adressé au Ministre de l'Instruction publique, et dont nous avons obtenu communication, nous a semblé toucher à des points si importants, et renfermer des choses si vraies, si conformes aux intérêts de la science, que nous croyons devoir, par extraits, le faire connaître aux lecteurs de l'*Athenæum*.

Après avoir, dans un premier chapitre, posé des généralités, et avoir indiqué, dans un second, que les Facultés des Lettres, précieuses institutions dont l'influence peut devenir de plus en plus utile (1), gagneraient à élargir et à renouveler un peu le thème de leurs leçons, — l'auteur, M. G. de Dumast, en vient à montrer combien elles prendraient un rôle avantageux, par exemple, en s'emparant d'une tâche attrayante à la fois et

(1) Non pas que ces chapitres (comme ceci le donnerait peut-être à penser) aient aucunememt débattu la question théorique des divers systèmes d'enseignement, libres, obligatoires ou mixtes. Prenant pour point de départ l'état présent des choses, le Mémoire n'examine que le meilleur parti à tirer des institutions françaises existantes.

profitable : l'enseignement des littératures *primitives*, qui jette de tels flots de lumière sur les littératures *dérivées*.

Ici, nous le laissons parler :

« A l'époque, déjà éloignée, qu'on a nommée la Renaissance, un grand mouvement s'opéra ; un vigoureux élan fut donné aux études, par la connaissance désormais approfondie du grec et du latin. Deux langues si remarquables, dont la possession venait d'être reconquise, ouvrirent largement au monde lettré les trésors de l'Antiquité classique ; et c'est sur ce fonds, depuis lors, qu'a vécu en grande partie la haute civilisation européenne.

» Mais, quelque riche qu'il fût, il avait des limites; et si jamais ses metteurs en œuvre l'ont regardé comme inépuisable, ils se sont fait une grande illusion. Quand l'or qu'on avait découvert là n'eût pas été mêlé de bien des scories, pouvait-il subvenir sans fin à l'ardeur des recherches incessantes ? Non. Et quiconque ne se laisse point duper par le spectacle d'évolutions répétées, mais stériles.., doit aisément voir, qu'en fait de philologie, nous en sommes réduits à ressasser perpétuellement d'anciens sables aurifères, déjà dépouillés de leur métal.

» Eh bien ! quand la Colchide a eu donné toutes ses richesses, on en a demandé au Tage et au Pactole ; quand le Tage et le Pactole n'ont plus rien fourni, on a exploité le Pérou ; à présent que le Pérou vieillit, on se jette sur le Sacramento. Telle est la marche naturelle des choses ; et les Facultés des Lettres, qui se consument en vains efforts sur le terrein du grec et du latin, dont il n'y a plus de choses neuves à faire sortir, ont besoin d'une Californie.

» Cette Californie, heureusement elle existe : c'est l'ORIENT.

» Mais par où aborder une telle mine? — Par des côtés, quoi qu'on en dise, très-accessibles. — Mais quel parti en tirer? — Un très-bon, si l'on sait choisir.

» *Si l'on sait choisir*, disons-nous. Car il est bien sûr que l'Orient, à vouloir le prendre dans son ensemble, nous déroulerait un programme beaucoup trop étendu, dans lequel une foule de points n'offriront jamais d'intérêt qu'aux savants tout à fait spéciaux, — et même où d'autres articles, quoique dignes de beaucoup plus d'attention, ne sauraient pourtant descendre chez nous jusqu'à la sphère d'un enseignement tant soit peu répandu. — Ainsi, d'une part, on ne songera jamais en Europe à ériger des chaires de tchouvache, de tagal ou de lesghi; et de l'autre, quelle que soit l'importance ou de l'hindoustani, par exemple, qui, tous les jours plus adopté autour du Bengale, servira bientôt de lien commun à cinquante millions d'hommes, — ou du chinois, qui, dominant sur un territoire plus vaste encore, nous offre non-seulement des annales deux ou trois fois millénaires, mais des romans et des drames précieux pour la connaissance des mœurs, — de tels idiômes ne sont pas arrivés, pour nous, au degré d'intérêt qui demande qu'on les répande beaucoup; et la chaire qui existe à Paris pour chacun d'eux, paraît satisfaire, au moins quant à présent, la somme de besoin qu'on éprouve en France de les connaître.

» Il n'en est pas de même de certaines autres langues, qui, ayant des rapports plus directs avec nous et avec les objets habituels de notre activité, — nous ouvrent un champ, soit plus facile à cultiver par nos travaux, soit au moins plus fertile en produits visiblement propres à notre usage.

» Déjà l'on peut en nommer deux, pour lesquelles l'heure est parfaitement venue, et qu'il convient de faire entrer dès à présent dans la sphère, non pas sans doute des études courantes, mais de cet enseignement qui, intermédiaire entre celui des lycées et celui du Collège de France, est le patrimoine des Facultés universitaires, et doit imposer ses leçons au Doctorat, sinon à la Licence ès Lettres.

» De ces deux langues, la première, tout le monde l'a nommée d'avance. Evidemment, c'est LE SANSCRIT.

» Le sanscrit, inestimable diamant, dont l'Inde peut s'enorgueillir à meilleur droit que du *Koh-i-nour*. Le sanscrit, qui, rien que par sa régularité savante et les vastes richesses de sa grammaire, mériterait d'être placé sur un trône au milieu des langues de l'Antiquité, quand même il n'aurait pas produit cette littérature éloquente et pure, si supérieure en moralité à celle des Grecs et des Romains; cette littérature immense, dont, par bonheur, tant de monuments se sont conservés, — depuis les magnifiques épopées dont elle s'honore, antérieures aux âges homériques, jusques aux beaux et nobles drames écrits sous les inspirations d'un ordre de choses plus récent, vers l'époque du siècle d'Auguste. Le sanscrit, d'ailleurs, qui a formulé pour la première fois, sur la terre, des conceptions métaphysiques un peu suivies, et sans le secours duquel, assurément, la docte rêverie gangétique aurait eu peine à produire ces ouvrages abstraits, où règne une incroyable puissance d'analyse. — Ce fut, en effet, pour les Brahmes, une précieuse bonne fortune, que de pouvoir faire emploi d'un si merveilleux instrument; car, dans les travaux ontologiques, il y a, comme on sait, un degré de dissection qui, exigeant des scalpels raffinés, ne saurait être assez délicatement opéré que par trois idiômes au monde; par le sanscrit d'abord, et ensuite par les deux de ses enfants qui ont le plus gardé de traits de la physionomie paternelle : le grec et l'allemand.

» Puis, outre sa valeur intrinsèque ou absolue, la belle langue dont il s'agit, a pour nous, Occidentaux, une valeur relative non moins grande. Comme c'est le plus ancien type conservé du groupe lingual connu sous le nom de famille indo-germanique, Indo-perse, ou, mieux encore, indo-européenne; et comme tous nos langages d'Occident, excepté trois (d'une part le magyar et le finnois, de l'autre, l'euscarien ou basque), appartiennent à ce groupe :— l'étude du sanscrit se trouve intéresser A TITRE DE PARENTÉ presque tous les peuples de l'Europe (*a*).

» Pour les Français en particulier, c'est un devoir formel, assurément, que d'entourer d'honneurs la langue sanscrite, qui, par tous les côtés, est aïeule de la leur.

» Nous disons « *par tous les côtés;* » car, des quatre rameaux de la tige, — à savoir, la branche gréco-latine, la branche germanique, la branche celte et la branche slave, — le dernier rameau (le slave), resté pour nous à l'état de cousinage éloigné, est le seul à l'égard duquel nous n'ayons aucun rapport de descendance. Quant aux trois premières branches, non-seulement elles nous sont parentes, mais tout ce que nous possédons, ce sont elles qui nous l'ont donné. Il n'y a rien, dans la langue de Corneille et de Voltaire, qui ne provienne ou de l'élément *gréco-latin,* — ou de l'élément *franc*, c'est-à-dire germain, — ou de l'élément *gaulois;* — or, cette triple origine fait triplement remonter notre idiôme national à la noble souche sanscrite.

» Dût-on, au reste, soit en France, soit ailleurs, ne considérer que l'intérêt des études classiques ordinaires (de celles qui se terminent chez nous au baccalauréat), en laissant à part la haute *littérature comparée* et la linguistique générale, — sciences dont il est difficile de traiter complétement l'une, et impossible d'aborder sérieusement l'autre, sans posséder quelques notions sur la langue de Valmiki et de Kalidasa : — eh bien, à un point de vue tout vulgaire, il y aurait à désirer encore de voir s'établir parmi nous, dans une certaine mesure, la connaissance du sanscrit; sinon précisément chez tous les professeurs de nos lycées (quoiqu'elle ne dût être inutile à aucun), au moins chez ceux qui commentent et modifient des grammaires. Comment, en effet, dans un rudiment, réussir à rédiger, sur les particularités du grec et du latin, des remarques intelligentes et pleinement justes, — à moins d'avoir pu, en se plaçant soi-même au point de jonction des deux idiômes, observer, dans le tronc commun, l'origine des fibres qui, primitivement parallèles, divergent ensuite, mais gardent toujours entre elles une similitude reconnaissable?

» En voilà assez sur le chapitre de la première des deux langues à introduire dans l'enseignement des Facultés.

» La seconde, quelle est-elle? — L'ARABE.

» Celle-ci ne semble pas, il est vrai, se présenter avec des droits aussi marqués. Étrangère à notre cercle lingual, puisqu'elle appartient au groupe sémitique, — elle ne fait vibrer dans notre âme aucun souvenir doux et cher; aucune de ces sympathies profondes, instinctives, que ne tarde pas à éveiller en nous le sanscrit, vieux portrait de famille où nous retrouvons à chaque instant notre image. — Ici, nulle chance de rencontrer du *classique*, dans l'acception (rétrécie peut-être, mais non à mépriser pourtant) où nos académies et nos écoles entendent le mot; rien, chez les auteurs arabes, ne témoignant de l'existence de ce goût pur, homérique, virgilien, racinien, qui, dans les antiques chefs-d'œuvre littéraires des bords du Gange, nous frappe d'une admiration mêlée de surprise. Ici, le tour de la pensée n'est plus le même; on est moins sévère sur le choix du beau; et la direction des idées, changée pour ainsi dire de droite à gauche, diffère presque autant de la nôtre que diffèrent entre eux les deux sens dans lesquels marchent les deux écritures. — L'arabe, cependant, n'en est pas moins digne, à d'autres titres, d'obtenir étude chez nous. Il mérite de s'y implanter, pour y donner les fruits qui lui sont propres.

» Et d'abord, en fait d'art poétique, c'est-à-dire de peinture exécutée par le langage versifié, ce ne sont pas du tout des œuvres nulles que celles des Arabes. Si nous voulions, pour rendre notre pensée, avoir recours à une alliance de mots plus claire et plus commode qu'elle n'est légitime, nous dirions que la *muse ismaëlique* a des inspirations heureuses, et qu'inférieure, pour le tact et pour l'élégance, à la muse indoue ou à la muse gréco-latine, elle rachète souvent ce désavantage par son incomparable vigueur. Les affectations, les jeux de mots, les tours de force qui la déparent, sont rares chez les poëtes de son âge d'or, c'est-à-dire chez les *schoarâ* de la Péninsule, prédécesseurs ou contemporains de Mahomet; et on la voit encore, depuis, échapper plus d'une fois à cet esprit quintessencié. Du reste, il faut en convenir, elle a toujours gardé le caractère d'une sorte d'improvisatrice; aussi ses adeptes ne se sont-ils jamais élevés à des morceaux de longue haleine. Contents d'exprimer leurs sentiments et leurs pensées, ils n'ont pas su, les plaçant dans la bouche d'autrui, en construire des épopées ou des drames, et c'est en vain qu'on demanderait à la collection de leurs œuvres un grand poëme quelconque. Mais il n'en est que plus curieux, peut-être, d'étudier leurs impressions, si profondément personnelles, et de voir comment, pour les rendre, ils sont parvenus à se mouvoir avec aisance dans le cercle d'une versification dont le mécanisme réunit au mètre prosodique des Anciens la rime des nations modernes.

» D'ailleurs, malgré le prix extrême qu'attachent les Arabes à cette savante facture, — ainsi qu'à celle de leur prose, souvent si minutieusement cadencée, — rien n'oblige l'Europe à les suivre sur le terrain de la rhétorique. Ils ont de quoi nous intéresser par des côtés plus importants.

» Pendant plusieurs siècles, comme on sait, — et notamment sous les grands califes abbassides, — le peuple arabe, devenu le gardien des sciences, qui ne se cultivaient plus guère que chez lui, en conserva le dépôt; et quand il le transmit à d'autres, il ne le rendit pas sans l'avoir accru. Aussi, non-seulement nous découvrons, parmi les traductions qu'il avait faites, certains fragments d'antiquités perdues ailleurs (*b*), mais il nous a été aisé de constater de combien de progrès on lui est redevable. Si l'Asie et l'Afrique musulmanes s'en tinrent, pour la philosophie proprement dite, aux doctrines d'Aristote, plus ou moins bien commentées, — leurs habitants ne restèrent point stationnaires pour d'autres genres de connaissances : entre autres, pour la philosophie de l'histoire et du droit, dans laquelle Ibn Khaldoun est un prédécesseur si remarquable de Vico et de Montesquieu; ou bien pour la géographie et les voyages, où nous profitons encore à présent des relations rédigées par Ebn Haucal et par Ebn Batouta, et surtout du vaste savoir de l'Edrisi. Il en fut de même pour l'art de guérir, qui, perfectionné par les doctes médecins chargés de la clinique à Bagdad (ville où fut organisé le premier service d'hôpitaux réguliers), en vint jusqu'à pressentir mille choses mal à propos réputées modernes, et, par exemple, à pratiquer de premiers essais de lithotritie. On a cru qu'en mathématiques, et spécialement en astronomie, les Arabes n'avaient été que des copistes et de serviles imitateurs des Grecs : une telle opinion, qui cadrait mal avec la possession où nous sommes d'un globe céleste exécuté par eux dès le XIIIe siècle, ne peut plus se soutenir, depuis que, mieux renseignés, nous voyons Abou'l Wéfa signaler et décrire, dès l'an 975, le troisième mouvement irrégulier de la lune.

cette *variation* dont la découverte passait pour un des titres de gloire de Tycho-Brahé; depuis que se montrent à nous, soit Abou Hassan, substituant à l'emploi des *cordes*, en trigonométrie, celui des sinus et des tangentes, soit Ben Haithem exposant clairement, huit cents ans avant Carnot, les éléments de la géométrie dite *de position*. Au reste, de pareils faits ne doivent pas étonner, de la part du peuple à qui appartient, sinon précisément la généralisation des calculs, — puisque les Indous lui en disputent l'invention, — au moins l'honneur d'avoir développé l'algèbre, et cela jusqu'au point d'y avoir fait entrer les équations du troisième degré.

» Un idiôme dans lequel ont été tracés de tels bulletins de la marche de l'esprit humain, est un idiôme, à coup sûr, digne de faire partie du domaine de la civilisation; on en jugerait ainsi partout. Mais nous sommes doublement tenus, nous autres Français, d'assurer ce résultat par un enseignement permanent, — nous qui, embrassant aujourd'hui l'Algérie dans notre territoire, avons acquis des milliers d'Arabes pour sujets et presque pour concitoyens. N'hésitons donc pas à regarder cette seconde exception orientaliste comme aussi motivée que la première. Ce que nous proposons de faire pour la plus riche des langues indo-européennes, faisons-le aussi pour la plus riche des langues sémitiques; et, par une mesure analogue à celle qui devra répandre parmi nos professeurs la connaissance du sanscrit, érigeons en France des chaires d'arabe littéraire (1).

Si nous ne parlons que de l'arabe régulier, ce n'est pas que nous méconnaissions la grande utilité de l'arabe vulgaire, le-

(1) Il est de mode, chacun le sait, de dire « d'arabe *littéral;* » mais nous ne voyons guère de raisons pour conserver cet usage bizarre, — qui n'est pas sans inconvénients, à cause de l'amphibologie, l'adjectif *littéral* ayant d'ordinaire en français un tout autre sens (c).

quel, au cas où il deviendrait chez nous plus répandu, faciliterait nos opérations administratives en Afrique, en formant des sujets pour ce pays, et peut-être même donnerait à plusieurs des élèves le goût de s'élever jusqu'à la littérature musulmane. Mais en définitive, — placé, comme on l'est dans ce mémoire, au point de vue universitaire et classique, — on ne saurait se dissimuler que l'arabe vulgaire (dont la division en plusieurs dialectes vient des degrés d'altération plus ou moins forts qu'il a subis) n'est pas tant un véritable idiôme à part, que le simple résultat de l'inobservance ou de l'oubli d'une partie des règles. Acquérir donc la connaissance de ce langage usuel, est surtout une affaire de pratique et de localité, dont n'a guère à se mêler la science proprement dite. Ce qui, dans la question de l'arabisme, mérite avant tout d'intéresser un gouvernement éclairé, c'est la langue consacrée par les auteurs; celle dans laquelle écrivirent Averrhoès, Avicenne, Maçoudi, Hariri, Meydani, Cazwini, Abou'l Féda, Ben Khallican, Ben Khaldoun, Abdallatif, ou Makrizi. C'est la belle langue dans laquelle avaient chanté Lébid et les *schoarâ* du désert, et qui, fixée par Mahomet, est demeurée comprise universellement, de Maroc à Chiraz, à cause du Coran, lequel, adopté partout comme manuel scolaire, l'a mise jusqu'à présent à l'abri des ravages du temps (*d*).

» Ici l'on pourrait s'arrêter; car, en un sens, le mémoire est complet, — puisqu'indiquant aux Facultés des Lettres l'une des voies à suivre pour redevenir vigoureuses, il a montré ce qu'elles peuvent gagner à l'emploi de ce puissant moyen, pour peu qu'elles mettent de bonne volonté à entreprendre ainsi une chose nouvelle, utile, désirable, éminemment opportune.

» Mais à un autre point de vue, bien s'en faut que tout soit dit. Des raisons subsidiaires, non développées encore, doivent doubler, aux yeux du Gouvernement, l'importance du rôle dont il est maître de se charger. Ce dont en effet il s'agirait pour lui, dans l'adoption de la mesure qu'on lui propose, c'est non-seulement de se faire le propagateur de la linguistique orientale, mais d'en devenir peut-être le sauveur.

» Ceci exige quelques réflexions générales, et même un peu rétrospectives. Toute souhaitable qu'est la brièveté, encore faut-il cependant se rendre compte de l'état des choses; car ce sont les antécédents du projet, surtout, qui peuvent le bien expliquer, et donner à comprendre jusqu'à quel point seraient sérieux les avantages de la création demandée.

» Il y a, pour chaque science, une époque majeure, —*pivotale* pour ainsi dire,— avant laquelle, nonobstant des travaux quelquefois longs, estimables (considérables si l'on veut), elle n'existe point, sinon en germe,— et après laquelle aussi, quoi que l'on puisse y ajouter de beau, voire même d'important, elle ne reçoit vraiment plus que des perfectionnements ou des applications, non pas un nouveau caractère; — car, à partir de là, dût-elle continuer à se développer, elle ne change plus dans son essence.

» Cette époque décisive, non de gestation, mais d'enfantement; cette crise, lors de laquelle une science se constitue,— elle est arrivée, par exemple, sous Linné pour la botanique, sous Franklin et Volta pour la physique, sous Lavoisier et Fourcroy pour la chimie. C'est DE NOTRE TEMPS qu'elle a lieu pour la linguistique et l'ethnologie.

» Dès la fin du XVIIIe siècle, deux événements de haute portée, — l'héroïque dévouement scientifique d'Anquetil du Perron, et la soumission du Bengale à l'Angleterre, — avaient laissé entrevoir à l'Europe les régions intellectuelles où conduisait l'étude de l'ancienne Asie; au XIXe, le génie humain s'est précipité à leur conquête, par la porte qu'on lui ouvrait. Et si jadis ce fut un beau spectacle, que le travail de cette ruche d'abeilles dont les essaims eurent pour guides les Alde Manuce, les Turnèbe, les Estienne, les Budée, les Scaliger ou les Casaubon, — c'en a été, de nos jours, un plus imposant, un plus admirable encore, que la féconde activité de tous ces grands orientalistes qui s'appelaient Champollion, Chézy, Abel Rémusat, Saint-Martin, Eugène Burnouf, etc. : brillants capitaines d'une phalange que commandait Sylvestre de Sacy, et dont plusieurs glorieux officiers survivent à leur général,

Soldats sous Alexandre, et rois après sa mort.

» Or ils ont pu, c'est vrai, à cause du charme que porte avec elle la nouveauté, fixer sur leurs recherches l'attention publique ; et, quelque énorme qu'ait été la masse si variée de leurs labeurs, ils ont réussi, jusqu'à un certain point, à en faire connaître les résultats. Jusqu'à présent ils ont su donner à leurs efforts l'ensemble et le retentissement nécessaires, au moyen de la fondation de la Société asiatique : simple académie libre pourtant, qui, sauf quelques faibles allocations venues du dehors, n'a de ressource positive que la bourse de ses membres. Mais tout ce qu'on a eu le bonheur de produire ainsi, par voie de séances ou de publications, ne concerne que l'ordre de la pensée pure ; que l'ordre littéraire, idéal, et ce qu'on pourrait nommer la floraison de la science. Quant à l'ordre de choses terre à terre, — c'est-à-dire où le savoir, afin d'être rendu permanent, reçoit une organisation matérielle et rétribuée, — il n'y a encore presque rien de fait. Le magnifique mouvement dont nous parlons, n'a guère eu jusqu'ici pour soutien, dans ce genre, que l'existence des chaires du Collège de France et de celles de l'Ecole spéciale des langues orientales : institutions visiblement insuffisantes pour assurer le renouvellement des fruits de l'arbre, aussitôt qu'il aura perdu, par les années, quelque chose de son premier élan de sève.

» En confirmation de ceci, faut-il attendre des preuves éloignées?— Nullement.— Dès à présent, si l'on y regarde avec soin, on est à portée d'apercevoir, à l'horizon, les signes précurseurs des dangers dont se trouve menacé, sous le rapport de la perpétuité, l'enseignement des idiômes de l'Asie.

» A part l'instant de la phase initiale, qui est celle des grandes découvertes, — la propension individuelle des jeunes linguistes, quelque forte qu'on la suppose, ne saurait suffire pour assurer à ce professorat le recrutement non interrompu dont il a besoin. Certes le goût de la science orientale subsistera, plus ou moins; on peut, on doit même, espérer que longtemps il restera vif; — mais enfin, pour que les amateurs se déterminent à voir, dans le curieux terrein qui les séduit, autre chose que le lieu d'une simple promenade d'agrément; pour qu'ils consentent à se livrer à l'orientalisme avec persévérance, avec tenacité, et pour qu'ils prennent le parti d'en faire exclusivement l'occupation de leur vie : besoin est que de tels sacrifices paraissent mener à des résultats personnels sérieux, dont la poursuite puisse être considérée comme *une carrière*. Sans cela, il ne se fera rien de durable; car la passion seule, fût-ce la plus louable, est un véhicule trop peu sûr. Outre que souvent elle s'amortit avec l'âge, elle sera victorieusement combattue par l'incessante action des pères de famille, — qui, ne voyant rien de lucratif au bout du chemin choisi par leurs enfants, parviendront presque toujours à les en détourner.

» Il ne faut donc point compter sur des sujets propres à remplir les places dont nous parlons, tant qu'elles ne seront point créées tout de bon. Eugène Burnouf meurt, par exemple : — et, faute d'une chaire établie pour le zend, — cette précieuse langue, qu'il avait exhumée, retombe sous terre avec lui.

» Au reste, si le mal est évident lorsqu'il n'y a point de chaire spéciale érigée, semblable péril n'est guère moins à craindre lorsqu'il n'y en a qu'une ou deux. Ainsi, en France, le sanscrit possède bien une chaire ; mais, comme elle y est unique, voyez quel petit nombre d'hommes se mettent en mesure de l'occuper ! A la disparition récente de son illustre titulaire, il n'a guère été rassurant pour l'avenir, de voir combien peu de concurrents se disputaient un si bel héritage.

» C'est chose toute simple. Pour se mettre laborieusement en état de mériter un poste difficile, il faut, nous l'avons dit, apercevoir devant soi quelques chances sérieuses de l'obtenir. Or y en a-t-il de telles, lorsque la chaire à occuper est la seule de son espèce ?— Non.— Personne, certainement, ne se donnera la peine nécessaire pour s'en rendre digne, quand la loterie de la candidature peut ne se présenter que quatre ou cinq fois par siècle. Ce sera toujours un métier peu couru, que celui d'élèves réduits à cette pauvre et pitoyable perspective, de dire à leur maître : « Monsieur, quand allez-vous mourir...? pour qu'à la fin je vous succède. »

» Une chaire unique, on le voit, est sous certains rapports une chaire à peu près nulle. Huit ou dix chaires, au contraire, — quand il n'y en aurait que ce nombre pour chaque langue orientale à enseigner, — offrent déjà aux aspirants assez d'espérance d'en atteindre une, pour que les vocations véritables ne soient pas réduites à s'étouffer faute d'issues (1).

» Il dépend du Gouvernement de faire cesser les graves inconvénients signalés ici. Qu'il introduise dans les Facultés des Lettres le double enseignement qu'on lui propose de fonder, et

---

(1) *Testis unus, testis nullus,* disait l'ancienne Jurisprudence, laquelle pourtant n'entendait point, par là, nier la valeur morale d'un témoin honnête, quoique isolé. Eh bien, pareillement, sans méconnaître le mérite, et même l'action partielle, de titulaires dignes, mais placés par malheur dans des chaires uniques,— on est en droit, à quelques égards, de dire aussi : *Cathedra una, cathedra nulla.*

tout sera dit. L'heureuse révolution désirée se trouvera accomplie, — au moins dans les limites actuelles du nécessaire.

» Car les bons effets de la chose (on peut d'avance en être certain) dépasseront de beaucoup ses conséquences immédiates et directes. Il n'aura été créé, c'est vrai, que des chaires de sanscrit et d'arabe; mais rien n'empêchera les gens qui les courront, — une fois lancés dans cette direction, — de pousser l'étude plus loin, et de s'appliquer en outre à divers objets analogues. Sans qu'on ait besoin de s'en mêler, le goût du savoir les y portera. Assurés qu'ils seront, comme orientalistes, de la possession d'un état de vie, — pourquoi se croiraient-ils obligés de s'enfermer dans leur spécialité précise? Ils feront naturellement des excursions, hors de l'idiôme dont le professorat formera leur moyen légal d'existence.

» Ainsi, — et sans préjudice de créations ultérieures possibles, dont l'examen reste en dehors du présent travail (e), — une décision facile à prendre, — hardie, mais à laquelle tout le monde applaudirait, parce qu'elle arracherait au danger de torpeur les Facultés des Lettres, — peut, en même temps, assurer le développement, la conservation même et la vie, d'un précieux genre de science, menacé de mort aujourd'hui dès son berceau. Il y a là, ce semble, de quoi tenter l'honorable ambition d'hommes distingués, qui, en ouvrant, par une mesure aussi simple que féconde, un magnifique avenir.., seraient maîtres de pourvoir non-seulement à l'extension, mais au salut peut-être, de l'orientalisme français, l'une des gloires de notre patrie (1). »

(1) Evidemment, l'exécution de la chose ne pourrait pas être immédiate, car il y aura dans les premiers temps disette de sujets. Mais le principe serait proclamé sur-le-champ; et une fois admis et reconnu, il commencerait à produire ses heureux résultats. On le formulerait nettement par un décret, qui érigerait dans chaque Faculté des Lettres une chaire de sanscrit et une d'arabe littéraire; tout en réservant au Gouvernement, pour y pourvoir, un délai de trois ans, ou même de cinq. Dès lors, on ne tarderait point à voir se former des sujets aptes à les remplir; et, à mesure qu'il en apparaîtrait de capables, les nominations auraient lieu.

NOTES.

(*a*) Pourquoi ne pas dire « presque tous ceux du monde civilisé ? »—L'expression serait assez juste ; car il n'y a guère de civilisation complète (du moins comme nous l'entendons) qu'en Europe et en Amérique ; or les trois langues parlées en Amérique, — l'anglais, l'espagnol et le portugais, — ou les quatre, si l'on y ajoute le français du Canada, — sont toutes de la famille glossale indo-perse.

(*b*) Témoin, par exemple, le petit traité d'Euclide sur la balance, lequel, perdu en grec, vient, il y a peu d'années, d'être retrouvé en arabe.

(*c*) M. Garcin de Tassy a découvert, il est vrai, un moyen de rendre pardonnable cette expression inexacte. Il suppose qu'on a eu l'intention de désigner par là le dialecte correctement écrit, celui où ne se trouvent supprimées aucune des *lettres* qu'exige la grammaire. Une telle solution est des plus ingénieuses; mais le savant académicien, en voulant charitablement excuser les coupables, ne leur prête-t-il pas sans s'en douter, le secours de son propre esprit? Probablement, les premiers auteurs de la faute, lorsqu'ils sont entrés dans la voie erronée où le public moutonnier les a suivis, n'y en avaient pas vu si long.

(*d*) Il va sans dire, néanmoins, que les enfants qui rencontreront l'heureuse possibilité d'apprendre d'abord l'arabe vulgaire, ne fût-ce que d'une façon très-simplement pratique,— feront à merveille d'en profiter, et de s'ouvrir par là des sentiers vers l'arabe littéraire; car ils se ménageront ainsi, pour la première occurrence, bonne chance d'arriver de l'une des langues dans l'autre; d'y arriver avec promptitude et succès, quoique dans un ordre illogique. Il en sera d'eux, alors, comme il en est des Grecs modernes, lesquels ont visiblement plus d'aisance et d'instinct que nous pour saisir le vrai génie du grec ancien; d'où ne résulte pourtant pas qu'il faille, étant chargé de l'éducation d'un Français qui ne saurait ni l'un ni l'autre idiôme, lui enseigner le romaïque avant l'hellénique. On peut très-bien *remonter* le cours d'un fleuve,— et quelquefois même les voyageurs auraient grand tort d'en négliger l'occasion; — mais, néanmoins, toutes choses égales d'ailleurs, il est plus normal de le *descendre*.

(*e*) Par exemple, la fondation, au Collège de France, d'une chaire de *zend*, dont le titulaire serait chargé aussi de professer les éléments du pehlévi, et de donner en outre quelques notions sur le perse, langue des plus curieuses, laquelle se découvre maintenant. L'érection de cette chaire de zend à Paris, pourrait très-utilement avoir lieu dès à présent; et même, sa non-existence forme un vide, forme un contre-sens, dans la capitale du pays qui a donné au monde Anquetil du Perron et Eugène Burnouf.

LETTRE A M. JULES MOHL

SUR LA LANGUE PERSE.

SUR LA LANGUE PERSE,

LETTRE A M. JULES MOHL.

(EXTRAIT DU *JOURNAL ASIATIQUE* DE FÉVRIER-MARS 1853.)

MONSIEUR,

Voici déjà plusieurs mois que le *Journal asiatique* a terminé l'insertion des excellents commentaires, dus tant à M. de Saulcy qu'à M. Oppert, sur les inscriptions monumentales des Achéménides; et l'attention publique paraît, quant à présent, un peu détournée des études perses. On serait même d'autant plus porté à l'en croire éloignée tout de bon, que la mort si regrettable d'Eugène Burnouf,—vide profond, qu'il faudra des années pour combler,— a enlevé aux langues ariennes leur plus zélé, leur plus spécial représentant.

Toutefois, qu'on n'aille pas s'y tromper : le travail se continue sous terre, et quelque jour on en verra les résultats reparaître à la surface. Il y a plus ; l'interruption actuelle pourra bien, par le temps de réflexion qu'elle aura laissé entre deux séries de labeurs, avoir été un repos avantageux.

Pour le rendre aussi fécond que possible, il convient qu'avant l'ouverture de la seconde des deux séries dont nous parlons, chacun ait soin d'apporter, aux hommes compétents, le tribut des avis utiles qui se trouvent avoir été déjà émis au sujet de la première.

Or il y a, dès maintenant, un point sur lequel s'accordent

les bons critiques. Ce n'est qu'une remarque très-vulgaire, et qui ne forme pas discussion : mais encore faut-il qu'il y ait quelqu'un qui se charge de l'énoncer. — Eh bien, à défaut d'orientalistes célèbres, qui veuillent là-dessus rompre le silence, cette tâche fort aisée sera remplie par l'un des simples vétérans de la Société asiatique, lequel ne se fait, en ceci, que le porte-voix du public studieux.

L'observation roule uniquement sur une impropriété de termes; mais sur une impropriété qui vaut cependant la peine qu'on la proscrive, comme étant à la fois fâcheuse à tolérer, et facile à éviter. Fâcheuse à tolérer, parce qu'elle est une source d'embarras, de longueurs et d'obscurités; facile à éviter, puisqu'il n'y a besoin, pour en sortir, de chercher aucun moyen artificiel; la langue française fournissant très-bien, sans périphrases, le mot qui nous est nécessaire.

Voici en effet, Monsieur, de quoi il s'agit :

Pour indiquer la langue dans laquelle sont conçues les inscriptions de Bisotoun et de Persépolis, et pour la faire bien distinguer d'avec le persan, c'est-à-dire d'avec l'idiôme que vous professez au Collége de France, — plusieurs auteurs se sont fatigués à chercher des dénominations convenables; mais, par un singulier hasard, le terme propre leur a échappé. Il n'y avait pourtant besoin d'aucun effort de leur part, et l'expression se présentait d'elle-même. C'est du *perse* qu'ils voulaient signaler la présence sur les monuments; ils n'avaient qu'à l'appeler tout bonnement ainsi.

Pourquoi dire l'*ancien persan*, qui est une locution équivoque? C'est comme si, pour désigner le latin, nous disions l'*ancien italien*.

Pourquoi dire l'*achéménien*, qui n'est que le nom d'une dynastie? C'est comme si, pour désigner le latin, nous disions (en tenant compte des diverses époques) le *tarquinien*, ou le *consulaire*, ou l'*augustal*.

Dans un même pays de l'Europe, — en Italie, — il y a eu successivement deux langues : le latin et l'italien. — Eh bien, dans un même pays de l'Asie,— en Perse,— il y a eu successivement deux langues aussi : le perse et le persan.— Or ni d'un côté, ni de l'autre, il n'y a aucune confusion possible entre la mère et la fille; car, pour les séparer nettement, il suffit d'articuler nettement leur vrai nom.

Par parenthèse, l'époque d'apparition, pour les deux idiômes les plus récents (c'est-à-dire le persan et l'italien), se trouve avoir à peu près coïncidé, puisqu'on les voit commencer tous deux à dessiner leur embryon vers le VIIIe et le IXe siècle. Seulement, le latin, quoique très-corrompu, avait duré, tant bien que mal, jusqu'alors,—ou du moins n'avait produit que des jargons transitoires peu caractérisés; —tandis que le perse, tombé de beaucoup meilleure heure en décadence, avait été remplacé, dans l'intervalle, par une langue tout à fait constituée, le pehlévi, — dont nous n'avons point à nous occuper pour aujourd'hui, puisque son caractère hybride (sémitique à moitié) le met dans une classe à part.

Toujours est-il que les adjectifs *ancien* et *nouveau* n'ont rien à voir dans l'affaire, et que leur emploi ici (en français du moins) donnerait une idée fausse. L'*ancien italien*, ce n'est point le latin : c'est le dialecte du Dante, ou même de Pétrarque. Pareillement, l'*ancien persan*, si l'on voulait user avec justesse d'une telle dénomination, ne signifierait point non plus le perse, — mais la forme de langage qui, par exemple, fut employée par Firdoucy.

Qu'est-ce donc, nous dira-t-on, que le perse?

Eh! mon Dieu, la chose est bien claire. Ce n'est ni le *persan*, lequel n'a pris naissance qu'après la conquête musulmane; ni le zend, — venu de la Bactriane, selon toute apparence, avec les lois de Zoroastre ; — ni le pazend, ou aucun des dialectes secondaires de l'Iran. — Le *perse*, c'est la langue paternelle de Cambyse et d'Artaxercès, et du peuple qui fonda leur puissante monarchie; c'est la langue que parlaient LES PERSES, comme le *français* est la langue que parlent LES FRANÇAIS. Il n'y a pas à s'y méprendre; et ce mot « *le perse*, » qui est le terme propre, rend impossible toute ambiguïté, comme il dispense de toute épithète.

Si, par la découverte de nouveaux monuments, nous venons à être mieux initiés à l'antique langage dont il s'agit (langage qui nous touche de près, puisqu'il était plus voisin du grec et du latin que ne le furent le zend et le sanscrit même); s'il nous devient assez connu pour que possibilité arrive d'en publier les règles grammaticales, voire de les faire suivre d'un petit lexique : eh bien, ce que l'on imprimerait ainsi, serait une grammaire *perse*, un dictionnaire *perse*.

Et plaise à Dieu, Monsieur, que soit quelque jour érigée à Paris, au Collège de France, à côté de la chaire de sanscrit, une chaire expresse, pour l'enseignement réuni du zend et du perse! Au moins, alors, il y aura, sur la terre, un lieu où seront enseignés les deux vieux idiômes officiels de l'Iran; les deux idiômes frères, dont le réveil, après tant de siècles, semble faire revivre à nos yeux la grande civilisation spiritualiste d'Istakhar. Au moins quelque part pourra-t-on se trouver reporté, par la pensée, aux magnificences morales et matérielles de cette superbe capitale, où, tous deux employés à la fois, — le premier comme langue du culte et le second comme langue de la cour, — ils étaient parlés et compris : l'un dans les temples d'Oromaze, l'autre dans les palais du roi des rois.

Agréez, etc. P. G.-DUMAST.

P.-S. Quand nous avons fait observer qu'il est aisé de désigner par un seul mot la langue natale des Achéménides, ce n'a pas été sans savoir que notre remarque, toute fondée qu'elle est, serait inapplicable chez les Anglais. Comme ils n'ont à leur disposition, soit qu'il s'agisse de l'ancien ou du moderne, que l'unique adjectif *persian* (1),—force leur est, pour mentionner le *perse*, de recourir à des locutions périphrastiques comme *the old persian tongue*, *the ancient persian language*, etc. — Mais notre langue jouit ici d'un précieux avantage, dont elle aurait d'autant plus tort de ne point user, que de telles supériorités de richesse sont pour elle une bonne fortune assez rare. Chez nous, *perse* est un adjectif qui, d'après son acception régulière (bien fixée depuis cent cinquante ans par nos bons auteurs), sert à qualifier tout ce qui, dans la sphère iranienne, est antérieur à l'époque *persane*, c'est-à-dire à l'état de choses qu'amena sur le sol de la Perse la domination de l'Islamisme.

Quelques esprits pointilleux chercheront peut-être ici à batailler encore, pour se frayer une sorte d'échappatoire. Ils prétendront qu'à le prendre sur ce pied, et puisque la limite entre les Perses et les Persans est placée à la chute finale des Sassanides, notre épithète de *perse* n'est pas entièrement exacte pour l'idiôme d'Artaxercès et du fils d'Hystaspe, car il ne se parlait plus sous les Khosroès ; — mais l'objection serait ridicule. Pour qu'une chose ait été *perse*, pas n'est besoin qu'elle ait duré les douze cents ans compris entre Cyrus et Yezdedgerde III ; il suffit que d'une part elle appartienne à la souche des idées iraniennes, et que, de l'autre, — comme un contenu, qui ne doit pas déborder son contenant, — elle ait eu lieu dans une portion quelconque de l'espace de temps que ces deux bornes embrassent. Or tel est éminemment le cas pour la langue des inscriptions de Bisotoun : langue non bâtarde comme le pehlévi, mais indo-germanique pure ; langue originelle pour les Achéméniens, comme pour tous les habitants de la Perside, c'est-à-dire du Fars primitif ;—langue profondément patriotique dans l'Iran, et que cer-

(1) C'est notre vieux mot « *persien*, » tombé chez nous en désuétude, et qui ne se retrouve plus que dans la locution elliptique *une persienne* (une jalousie *persienne*, faite à la mode persane).

tes les Sassanides, quand ils réveillèrent les institutions et les croyances antiques, auraient volontiers ranimée; mais qui ne put pas l'être, parce qu'elle avait déjà péri, — un idiôme ayant la vie moins dure qu'une religion.

Ainsi, comme nous l'avons dit et répété, le *perse* fut bien le vrai dialecte national des Perses. Seulement, il s'éteignit avant eux. Il dura moins que le peuple qui l'avait parlé.

P. G.-D.

30 juin 1854.

Depuis quinze mois, que le *Journal asiatique* a inséré cette lettre, — de significatives adhésions, arrivées de divers côtés, ont montré combien ç'avait été réellement l'heure de dire ce que nous avons dit. Frappantes comme elles l'étaient, de telles vérités n'exigeaient aucun plaidoyer; elles n'avaient besoin que d'être formulées. Sitôt que le premier-venu a eu pris la peine de les écrire, chacun les a reconnues certaines et s'en est déclaré partisan. Quelqu'un même a écrit à l'auteur pour lui reprocher de les avoir prouvées, vu qu'on ne démontre pas l'évidence.

La rectification doit donc, maintenant, être réputée chose admise. Il y a RÈGLE, désormais, à ne plus nommer autrement que « langue *perse* » la langue de Xercès.

Du reste, pour sentir combien était nécessaire cette petite et facile réforme, il suffit de relire, au point de vue du sujet dont nous parlons, les divers articles publiés dans ces dernières années même, par nos principaux maîtres, sur la gomphographie orientale (1). En vingt endroits,—qu'il serait aisé de signaler,—on s'étonnera d'y voir marcher les phrases avec

(1) C'est-à-dire sur les systèmes d'écriture cunéiforme, ou plutôt claviforme.

une allure pesante et comme embarrassée : gêne qui, chez des hommes supérieurs, est si peu en rapport avec la force et la souplesse de leur pensée; gêne indubitable pourtant, qui se manifeste tantôt par des circonlocutions pénibles ou des épithètes surabondantes, tantôt par des expressions moins délayées il est vrai, mais aussi plus douteuses, et par des façons de parler vagues, inexactes,— où, de cinq choses aussi diverses que le sont le *zend*, le *perse*, le *pehlévi*, le *parsi* et le *persan*, le lecteur ne voit pas toujours très-vite et très-bien de laquelle il s'agit. — Evidemment, alors, sous la plume de nos célèbres Orientalistes, le terme manquait à l'idée.

Or, pourquoi se résigneraient-ils à souffrir ainsi, d'une indigence aussi nuisible que peu motivée? La prolongation n'en aurait aucune excuse, puisqu'un tel dénuement disparaît dès que tout simplement on sait user des ressources que l'on possède.

Si, chez nous, *perse* n'existait pas en qualité d'adjectif, IL FAUDRAIT L'INVENTER,—afin d'échapper, par son moyen, aux longueurs ou aux mal-entendus.—Mais il existe; il n'est pas seulement créé, il est consacré, ratifié, classique. C'est bien le moins, donc, que l'on s'en serve, — et que l'on prenne le petit soin de ne plus lui substituer des mots impropres, qui ne le remplacent que fort mal.

Le principal instrument des études, c'est le langage scientifique. S'il n'est pas régulier, fixe et juste, la marche des découvertes en souffre; aussi, la grande époque de progrès, pour chacune des connaissances humaines, a été le temps où l'on en a fixé, simplifié, et précisé le dictionnaire. La chimie n'a fait des pas de géant, que depuis qu'au lieu d'en être réduite à user de dénominations arbitraires pour désigner les substances, elle s'est trouvée dotée d'une nomenclature claire et systématique. La botanique n'est sortie de ses langes, on le sait, que le jour où Linné, proscrivant pour jamais les vagues périphrases dont s'étaient contentés les Bauhin et les Tournefort, cessa d'écrire, par exemple, *Sonchus lævis, laciniatus, muralis, parvis floribus*, pour dire hardiment PRENANTHES MURALIS, — ou bien donna, sans hésiter, à l'*Hieracium Dentis-leonis folio, flore suavè rubente*, le nom monétisé de CREPIS RUBRA. — L'adoption universelle de désignations simples, devenues permanentes, a changé la face des sciences physiques et des sciences naturelles; il n'en sera pas différemment des sciences historiques ou philologiques. En ethnographie, en linguistique, il faut adopter cette marche, qui est le conseil du bon sens.

Or, une des premières nécessités actuelles, dans la sphère dont nous parlons, c'est de s'en tenir désormais, — pour les choses iraniennes qui ne seront ni *zendes*, ni *pehlévies*, ni *parsies*, ni *persanes*, — à l'unique emploi du mot PERSES : seul terme à la fois commode, juste et significatif, — lequel, d'ailleurs, joint à ces trois mérites l'avantage d'être un adjectif déjà reçu dans la langue, et d'avoir une valeur invariable, depuis longtemps admise pour qualifier ce qui correspond à certaines parties, bien déterminées, des évolutions de l'Iran.

Ah! sans doute, à l'origine de notre langue, il y eut des fluctuations sur ce chapitre. De même qu'on ne savait pas encore distinguer entre l'*Aquitaine* et la *Guienne*, la *Neustrie* et la *Normandie*, la *Bétique* et l'*Andalousie*, entre les *Francs* et les *Français*, entre les *Angles* et les *Anglais* : ainsi l'on usait à volonté, et à peu près au hasard, du terme de *Perses* ou de celui de *Persans* (1).

(1) Ce n'est pas même assez dire que de présenter comme anciennement INDIFFÉRENT l'emploi abusif qui se faisait de l'adjectif *persan* (ou *persien*) à la place de l'adjectif *perse*, le seul juste pour les temps des Achéméniens et des Sassanides;

Mais depuis qu'à la suite du siècle de Louis XIV, le style des bons auteurs a fait loi, les acceptions se sont fixées ; les mots sont devenus une monnaie régulière, dont on ne peut plus, sans raisons sérieuses, se croire libre de changer la valeur. Or, aujourd'hui, se remettre à employer comme synonymes le nom de *Persans* et celui de *Perses*, c'est reculer vers les temps du nébuleux, sinon du chimérique ; c'est tomber dans la même faute que de nommer encore *Français* les *Francs*, comme pouvaient jadis le faire sans reproche Fauchet, Pasquier ou Mézeray.

A présent, que l'histoire connaît un peu les races et leur physionomie, et ne manque plus de vérité, du moins si grossièrement qu'autrefois, — chacun sait que les armées des Mérovingiens n'étaient point des bandes *françaises*, mais FRANQUES, et que Clovis à Tolbiac ne les exhortait point en *français*, pas même en « *vieux français*. » Eh bien, — la race Achéménide, pareillement, régnait sur des populations PERSES, et non *persanes ;* et certes, Cyrus, quand il commandait ses troupes à Thymbrée, ne leur parlait point *persan*,—

---

car, dans la confusion qui existait, il semblait y avoir, non-seulement admission de l'erreur, mais préférence pour elle. Nos aïeux, en effet, loin de chercher aucunement la fidélité de costume, aimaient à travestir l'Antiquité, de manière à lui donner le plus possible la couleur moderne. De même que sur la scène ils faisaient venir Mithridate en habit français, en bas de soie, avec le cordon bleu du Saint-Esprit (*sic*) *:* de même ils se plaisaient à traduire le titre de *civis* par BOURGEOIS, et l'épiphonème *Quirites* par MESSIEURS. Dans le récit des courses d'Olympie, ils changeaient les *chars* en *charriots ;* Tacite se trouvait avoir décrit les mœurs, non des *Germains*, mais des *Allemands ;* Attila n'avait pas été le roi des *Huns*, mais des *Hongrois ;* etc., etc. D'après ce goût, alors général, il était tout naturel qu'on regardât comme élégant, comme à la mode, d'appeler *Français*, au lieu de *Francs*, les leudes de Clotaire, et de qualifier de *Persans*, non point de *Perses*, les sujets de Darius.— Maintenant, au contraire, qu'on a reconnu et senti le besoin du vrai, il faut se garder de remettre en vigueur les locutions vicieuses, sagement abandonnées, qui avaient dû leur naissance à cet amour du faux.

pas même « *ancien persan.* » — Il leur parlait *perse;* ce qui, encore une fois (car on ne doit pas craindre de répéter certaines choses décisives), diffère exactement d'avec l'*ancien persan* comme le latin de Cicéron d'avec l'italien du Dante.

SUPPLÉMENT.

ÉTAT PRÉSENT
DE LA QUESTION ORIENTALISTE.

SUPPLÉMENT.

ÉTAT PRÉSENT DE LA QUESTION, QUANT A L'EXTENSION A DONNER A L'ENSEIGNEMENT ORIENTALISTE.

Depuis qu'a été publiée la première édition de la brochure où l'on exposait en abrégé la nécessité et les moyens de rendre classique, dans une certaine mesure, l'enseignement des langues de l'Orient : l'idée dont nous parlons n'a dû naturellement que poursuivre sa marche.

Eclairci, en effet, tant par cette discussion préliminaire que par les examens et débats auxquels elle a donné lieu, — le sujet, sans être assez généralement connu encore (bien s'en faut), l'est déjà beaucoup davantage. Dès lors, la pensée-mère de l'écrit ne pouvait manquer de grandir, plus ou moins, dans les esprits et dans les volontés. Ce progrès, que devait amener en toute hypothèse la force seule du temps et du bon sens, et dont la brochure nancéienne n'a été que l'une des occasions, il est opportun de s'en rendre compte ; or c'est à quoi pourra contribuer la publication des documents ci-après.

I.

FRAGMENT D'UNE LETTRE ÉCRITE PAR L'UN DES DÉFENSEURS DE L'IDÉE ORIENTALISTE.

Mille preuves viennent journellement confirmer la thèse soutenue dans l'écrit intitulé l'*Orientalisme rendu classique*, et montrer combien il est nécessaire d'organiser sans délai quelque chose, et quelque chose d'efficace. Un fait tout récent, postérieur à la publication de la brochure, mérite surtout d'être cité, car il est caractéristique.

L'Académie impériale de Pétersbourg, prenant en considération l'importance majeure du sanscrit, la nécessité de le répandre, et de faciliter de plus en plus cette belle étude, destinée à un avenir classique ; l'Académie, bien certaine que l'appui du Gouvernement russe ne lui manquera pas, vient de se décider à la publication d'un dictionnaire sanscrit, qui soit supérieur, pour le complet et pour le soin, à ceux que l'on a possédés jusqu'ici. Et afin de rendre cet ouvrage profitable à toute l'Europe, les Moscovites font abstraction, là-dedans, des exigences d'une étroite vanité nationale : ce n'est point LEUR LANGUE qu'ils adoptent, pour moyen de traduction des mots et des phrases indoues ; leur dictionnaire ne sera pas *sanscrit-russe*. — Que sera-t-il donc? — Hélas, en 1833, ç'aurait été un dictionnaire *sanscrit-français*. En 1853, ce sera.... quoi? Un dictionnaire *sanscrit-allemand* (1).

---

(1) Quelques savants pensent, il est vrai, que l'Académie de Saint-Pétersbourg n'aurait pas refusé, même l'année dernière, de publier en français un dictionnaire sanscrit qui lui aurait été présenté. — Soit! Mais la conclusion reviendrait encore au même; car pourquoi les Français n'étaient-ils pas prêts, tandis que les Allemands se trouvaient en mesure?

Et par malheur, force nous est de convenir qu'il n'y aura là que justice. L'état de la science le voulait ainsi.

Sous la Restauration, et même pendant les premières années de la monarchie de Juillet, nous étions, pour l'orientalisme, à la tête de l'Europe : nous sommes actuellement presque à la queue. Depuis vingt ans, nous n'avons rien fait, rien fondé de sérieux, en faveur des langues de l'Orient. Comme si nous avions dû être invincibles, nous nous sommes naïvement endormis sur nos lauriers; ne prenant aucune mesure pour accroître (pas même pour conserver) les trésors dont nous jouissions. Or, vingt années ont suffi pour que les autres nations, vivement stimulées ou par leurs gouvernements, ou par des patronages éclairés et généreux, nous aient successivement REJOINTS d'abord, puis DÉPASSÉS en partie. Maintenant, débordés à l'envi, par les Anglais, par les Russes, par les Génevois, — par les Sardes même (lesquels font à Turin, pour leurs belles publications sanscrites, des sacrifices supérieurs, relativement au moins, à ceux dont on se contente à Paris), — nous sommes surtout laissés en arrière par les Allemands, qui tombent bien quelquefois un peu dans le rêve, mais qui, en somme, se sont donné la peine *d'apprendre*, et pour qui notre manque trop général de savoir, dans ces matières, commence à devenir un sujet de comparaisons dédaigneuses.

Rien n'est perdu, c'est vrai; car, si nous manquons d'élèves, il nous reste des maîtres; et, pour peu que nous le voulions, nous aurons bientôt regagné notre distance. Mais encore faut-il le VOULOIR. Il est temps, grandement temps, de s'y prendre, et de songer enfin tout de bon à ne plus priver nos études littéraires de leur couronnement naturel, le sanscritisme.

Voici que le Gouvernement pense à établir des chaires de *grammaire comparée*. Il a raison. Mais, plus il entrera dans cette voie, plus se fera sentir le besoin des connaissances dont nous parlons; et les titulaires des nouveaux postes, réclameront bientôt eux-mêmes que le sanscrit soit enseigné autour d'eux. Autrement, les chaires de philosophie linguistique n'auraient pas fonctionné cinq ou six ans, que leur infériorité européenne sauterait aux yeux. Pour lutter avec avantage, il faut au moins des ressources égales.

Qu'est-ce qu'aurait été, sous François Ier, un professeur de géographie qui, quarante ans après la découverte de l'Amérique, n'en aurait tenu compte, et aurait continué à ne s'occuper que des *trois* parties du monde ?

Qu'est-ce que seraient, pareillement, des professeurs de *grammaire comparée*, qui à présent, — c'est-à-dire plus de soixante ans après la possession acquise du sanscrit, et quarante ans après son introduction au Collège de France (1), — se borneraient encore à parler « du grec, du latin et du français, » sans profiter de l'immense révolution glossale amenée par la découverte de ce *nouveau monde* philologique ?

Espérons que l'on ne pourra pas, chez nous, leur reprocher des programmes tellement arriérés. Une nation ne gagne jamais rien à se faire moquer d'elle.

Quant à l'arabisme, il y aurait aussi beaucoup à en dire ; mais c'est moins nécessaire, parce que, la chose ayant certains côtés utilitaires, on s'en occupera volontiers et vite ; tout ce qui peut mener à des emplois ou à des bénéfices, tout ce qui peut se traduire en argent, est promptement compris. Comme, au contraire, il n'existe plus de pays où le sanscrit soit en usage ; comme il ne parle qu'à l'esprit et au cœur, et qu'il n'offre rien qui doive faire la fortune des officiers, des magistrats ou des marchands : il n'a pas les mêmes chances de réussite, à moins qu'on ne s'occupe de l'encourager. Son utilité, grande sans contredit, est toute grammaticale, toute littéraire, tout intellectuelle, toute morale. D'une part, il est vrai, c'est un idiome d'une noblesse et d'une richesse merveilleuse, et de l'autre, c'est le propre aïeul de nos langues ; mais, à ces deux titres, si recommandables, il ne peut guère intéresser que les hommes qui, s'élevant au-dessus du terre-à-terre, sont restés dévoués au culte du *beau*, ou ont gardé le respect des traditions et attachent du prix au souvenir des ancêtres.

---

(1) La chaire de M. de Chézy y fut érigée en 1814.

II.

FRAGMENT D'UNE AUTRE LETTRE.

Quelques personnes, à qui tout fait peur dès qu'il s'agit de sortir de la routine, se sont déjà prises de crainte, sur le vu de quelques échantillons de travaux récents, où se montre en effet assez vive la rénovation orientaliste qui cherche des issues pour se manifester ; où l'on donne peut-être une extension excessive à certaines vérités précieuses : à celle, par exemple, qui fait voir la clé de nos langues dans le groupement des mots européens autour de quelques racines sanscrites.

Eh mon Dieu, chez tous les jeunes savants appelés à devenir les champions de telle ou telle idée nouvelle, il faut s'attendre à une surabondance d'activité qui peut les mener loin dans leurs conclusions ; mais quand la science devrait en définitive restreindre souvent leurs assertions, d'abord un peu conjecturales, ils ne se trouveraient pas moins avoir rendu de très-réels services à la science. Le tisserand jette hardiment les fils de sa trame ; on les resserre ensuite... Et c'est ainsi que se fait la toile, — chose, à coup sûr, utile et bonne.

Quelle différence, après tout, entre le factice échafaudage des étymologies franco-sémitiques : théorie arbitraire, illusoire, qui péchait *par la base même ;* — et le système des étymologies indo-européennes, qui, sérieux, positif, lié, *vrai dans son point de départ,* ne saurait devenir faux que secondairement, c'est-à-dire dans certains détails plus ingénieux que solides, suggérés par un trop vif désir de tout expliquer !

A l'exemple des diverses choses fabuleuses, lesquelles ne règnent jamais qu'un temps, le premier devait tomber tôt ou tard dans l'abandon. En face du dernier, il était, ce que devint l'alchimie en face de la chimie, ou ce que parurent bientôt les hypothèses de Ptolémée, une fois mises en regard avec les explications coperniciennes.

Quant aux superfluités ou floritures, qui peuvent venir altérer la noble simplicité du système véritable, il n'y a pas de quoi s'en faire un épouvantail : elles tomberont bien vite, sous le frottement de la concurrence et du contrôle; si même il n'arrive pas que justice en soit faite par leurs propres auteurs, lesquels n'auront peut-être besoin pour cela de l'avis de personne, et y seront simplement conduits par leurs études poussées plus loin.

Lumière, lumière, lumière ! c'est là ce qui fait disparaître toutes les méprises et toutes les exagérations. Loin de redouter l'enseignement du sanscrit, répandez-le davantage, rendez-le commode et sérieux : on ne sera plus tenté de se livrer aux chimères, quand on aura pris l'habitude des réalités. Contre les dangers possibles de la sanscritomanie, s'ils venaient à surgir, — le remède serait précisément le sanscritisme.

III.

QUESTIONS ET RÉPONSES ACADÉMIQUES.

Après avoir été d'abord publiée et débattue comme le serait une opinion individuelle (quoique son auteur ne l'eût point émise avant de s'être assuré de l'avis de connaisseurs graves), la pensée de l'*Orientalisme classique* devait, pour franchir un second pas, être soumise à des corps savants, afin qu'ils jugeassent de sa valeur.

La chose a eu lieu ainsi. Trois questions, que l'on va lire, ont été posées aux principales sociétés littéraires des diverses parties de la France.

C'est l'Académie de Stanislas qui a consenti la première à s'en occuper. Un savant rapport a consigné les résultats de l'examen approfondi auquel s'était livrée, par son ordre, une commission parfaitement choisie : résultats que nous allons transcrire tout à l'heure (1).

Bientôt après, l'Académie impériale de Metz, acceptant la même tâche et adoptant la même marche, donna aussi ses conclusions, presque entièrement conformes à celle de l'académie de Nancy,

---

(1) La Commission a opéré avec une très-sérieuse spontanéité. Non seulement on n'avait pas mis au nombre de ses membres l'auteur de la brochure, et cela sans même attendre qu'il se récusât comme ayant son opinion déjà formée ; mais, par un raffinement d'impartialité qui est tout-à-fait de bon goût, il ne fut pas même appelé devant la Commission pour y fournir des renseignements. Aussi les conclusions du rapport l'appuient-elles sur d'autres considérants que ceux qu'il aurait suggérés, et dépassent-elles même un peu (dans le n° 3) le degré auquel s'arrêtait selon lui l'opportunité présente. Il a donc la pleine satisfaction de n'avoir exercé sur les résultats aucune influence, puisque, loin d'avoir été l'un des juges dans le procès, il n'y a seulement pas été plaideur.

dont elle a cru devoir aller, dans quelques passages, jusqu'à reproduire précisément les termes.

Voici, mot pour mot, ces trois questions. En face, nous plaçons le texte sacramentel des trois réponses, comme elles ont été formulées par chacune de ces deux savantes compagnies.

PREMIÈRE QUESTION.

L'Orientalisme, — qui offrirait de précieuses ressources, tant à nos littératures, plus ou moins épuisées, qu'à l'histoire, et notamment à l'histoire des sciences, — peut-il, ou ne peut-il pas, être appelé à prendre un rôle dans les études classiques françaises?

RÉPONSE

DE L'ACADÉMIE DE STANISLAS.

Oui, il le peut, et avec avantage. Dès à présent, c'est là une vérité assez mûre pour que la chose doive être décidée en principe; sauf les délais nécessaires en ce qui concerne l'exécution.

Et il y a urgence de s'en occuper, attendu que la France, qui possédait il y a trente ans, en fait d'orientalisme, l'avance sur toutes les nations civilisées, se trouve à présent, à cet égard, non seulement rejointe par les autres peuples de l'Europe, mais sur le point d'être débordée par eux.

RÉPONSE

DE L'ACADÉMIE IMPÉRIALE DE METZ.

Oui sans doute, il le peut, et avec de grands avantages.

Il est de la dignité de la France de ne pas se traîner à la remorque des nations européennes.

Si elle ne veut pas se laisser déborder par les universités étrangères, qu'elle ait hâte de ne pas déchoir de son rang et de s'égaler à elle-même. L'opportunité du classicisme oriental se fait sentir aujourd'hui, plus impérieusement que jamais.

SECONDE QUESTION.

S'il faut reconnaître comme admissible chez nous l'enseignement des langues et des littératures orientales, dans quelle mesure l'est-il? A quel point, pratiquement parlant, doit-on songer à l'introduire?

RÉPONSE

DE L'ACADÉMIE DE STANISLAS.

Jusques à concurrence : 1° d'une langue principale pour la famille des idiômes indo-européens, c'est à savoir, le SANSCRIT, et 2° d'une langue principale pour le groupe des idiômes sémitiques, c'est à savoir, L'ARABE LITTÉRAIRE.

RÉPONSE

DE L'ACADÉMIE IMPÉRIALE DE METZ.

Jusqu'à concurrence seulement,

1° Du *sanscrit*, comme type de l'élément gréco-latin et franco-gaulois, c'est-à-dire des langues européennes;

Et 2° de l'*arabe littéraire*, pour les idiômes sémitiques.

TROISIÈME QUESTION.

Par quels moyens convient-il de réaliser, d'organiser cet enseignement, et d'en assurer l'efficacité?

RÉPONSE

DE L'ACADÉMIE DE STANISLAS.

Avant tout, par l'érection, *dans chaque Faculté des Lettres*, de deux chaires orientalistes : l'une *de sanscrit*, l'autre d'*arabe littéraire*, comme il vient d'être dit.

Leur création serait immédiate, afin de donner aux candidats un but certain, dont

RÉPONSE

DE L'ACADÉMIE IMPÉRIALE DE METZ.

Par la création *dans chaque Faculté des Lettres*, d'une chaire, réduite *au sanscrit*, pour les idiômes indo-européens, et d'une autre, réduite *à l'arabe littéraire*, pour les idiômes sémitiques.

L'exécution immédiate de cette mesure paraît il est vrai présenter quelques difficultés.

SUITE DE LA RÉPONSE DE NANCY.

l'espérance leur fit embrasser sans délai les compléments de travaux nécessaires; mais les postes ne seraient remplis qu'au fur et à mesure des capacités constatées, et le Gouvernement se réserverait, par exemple, une latitude de cinq ans pour y nommer.

Quant aux dispositions à prendre pour assurer à ces chaires la chance d'un auditoire non pas nombreux, mais réel et permanent, ils pourraient consister principalement en une mesure très-simple :

Sans exiger des aspirants au Doctorat ou à la Licence-ès-Lettres, ni moins encore des professeurs de lycées ou de colléges, la connaissance du sanscrit, bien qu'il soit devenu indispensable

SUITE DE LA RÉPONSE DE METZ.

Il y aura nécessairement, pendant les premières années, disette de sujets pour certaines localités. Mais le principe, une fois admis, nettement formulé par un décret, ne manquera pas de stimuler le zèle des aspirants. Le Gouvernement, en nommant immédiatement des professeurs capables, et en se réservant un délai de trois ans (1) pour introduire cette innovation dans toutes les Facultés des Lettres, ne tarderait pas à voir se former des sujets aptes à ces deux spécialités.

Pour assurer aux nouvelles chaires un auditoire sérieux, il faut deux choses :

1° Exiger pour le grade de docteur-ès-lettres, à partir de 1860, la connaissance de ces deux langues, ou au moins celle du sanscrit.

2° Et sans l'exiger chez les professeurs des lycées, leur en tenir compte. Dès qu'en effet il

---

(1) Trois ans seraient-ils assez? L'Académie de Stanislas propose d'en accorder *cinq;* et cette latitude, plus grande, semble mieux répondre à tous les cas qui peuvent se présenter.

SUITE DE LA RÉPONSE DE NANCY.

à toute haute et sérieuse philologie, comme principe et clef des langues européennes : déclarer qu'*on tiendra compte aux candidats* de cette connaissance, ainsi que de celle de l'arabe littéraire. En d'autres termes, annoncer que si désormais il y en a parmi eux qui possèdent l'une ou l'autre des deux langues dont il s'agit, on considérera ce fait comme un titre de préférence à l'obtention des places, lorsqu'ils se présenteront, du reste, à droits égaux avec leurs concurrents.

D'ailleurs, selon l'avis de la Commission, il paraît facile encore, et par un moyen qui ne coûterait non plus rien à l'Etat, d'attirer l'attention et la faveur du public sur les langues orientales, auxquelles on préparerait ainsi des élèves dès avant l'âge où la jeunesse peut suivre les cours des Facultés. Il suffirait d'ajouter aux ouvrages de *grammaire comparée* adoptés pour les lycées, quelques lignes, éclairant par le sanscrit les règles et les exceptions de nos langues indo-germaniques, qui toutes en dérivent, et indiquant à propos les plus évidentes racines sanscrites.

» De cette même façon, on pourrait aussi donner aux élèves une idée générale du génie des idiômes sémitiques.

» Rien n'empêcherait non plus les pro-

SUITE DE LA RÉPONSE DE METZ.

sera notoire qu'on y aura égard, et que désormais, à droits égaux pour l'obtention des places, la préférence sera donnée aux candidats sanscritistes, le triomphe de l'idée est assuré ; l'émulation fera le reste.

» Comme il y a, dans l'enseignement linguistique, des principes généraux communs à toutes les langues et une corrélation entre un grand nombre de mots des familles les plus éloignées, nos professeurs de hautes classes, dans les lycées même, sans enseigner positivement ni sanscrit ni arabe, pourraient en donner l'avant-goût aux élèves de Seconde et de Rhétorique, par le rapprochement de certaines formes grammaticales, par la recherche de certaines étymologies, et surtout par la lecture de la traduction de morceaux extraits des Mélanges sanscrits de M. Langlois, et de l'excellente Chrestomathie arabe de l'illustre Sylvestre de Sacy.

SUITE DE LA RÉPONSE DE NANCY.

fesseurs de Rhétorique et de Seconde, de lire en français à leurs élèves, un petit nombre de passages choisis, traduits des meilleurs auteurs sanscrits et arabes, et de leur en communiquer le goût, en faisant à ce sujet un peu de littérature comparée.

« En terminant, il est un point sur lequel l'Académie de Stanislas pense devoir éveiller la sollicitude du Gouvernement. Regardant comme utile de tirer de l'oubli une idée autrefois exposée dans le sein de l'Institut, elle émet le vœu de voir créer quelque part vers la frontière (à Marseille, par exemple), dans le triple intérêt du commerce, de la politique et des sciences, une école pratique des langues orientales, qui tout à la fois formant nos interprètes, et attirant à nous les étrangers, soit, sous les auspices de la France, le lien de l'Europe et de l'Asie. »

SUITE DE LA RÉPONSE DE METZ.

« Il est entendu, cependant, que la réforme que nous sollicitons, n'aura aucun effet rétroactif, et qu'elle respectera non-seulement les positions des fonctionnaires en exercice, mais aussi tous leurs droits à l'avancement.

« Enfin, l'Académie impériale de Metz s'associe à l'Académie de Stanislas pour émettre le vœu de voir le Gouvernement créer, soit à Marseille, soit sur une autre frontière maritime, et cela « dans « le triple intérêt du commerce, « de la politique et des sciences, — « une école pratique des langues « orientales, qui, tout à la fois, « formant nos interprètes et atti- « rant à nous les étrangers, soit, « sous les auspices de la France, « le lien de l'Europe et de l'A- « sie. »

IV.

LES RÉSULTATS.

Ce n'est pas tout que d'avoir rédigé, en réponse aux trois doutes qui leur étaient soumis, trois déclarations raisonnées et formelles (1), dont la netteté ne laisse rien à désirer : les deux Académies dont nous parlons ont cru devoir en faire adresser le texte, par leur Secrétaire perpétuel, au Ministre de l'Instruction publique, afin d'attirer sur ce point, signalé trop rarement à son attention, toute la sollicitude du régulateur et du promoteur-né du savoir national.

Non pas que dans le sein de la première des deux, un membre, — qui, du reste, avait voté pour les solutions ci-dessus, — n'ait fait observer qu'un tel envoi, par lettre, sortait du cercle des mesures ordinaires, et que l'Académie de Stanislas n'avait pas coutume de prendre ainsi la parole auprès du Gouvernement sans être interrogée. Mais la Compagnie, eu égard à la grandeur d'un intérêt public, qui, peu compris, avait pourtant besoin de l'être, a jugé convenable de passer outre ; reconnaissant que sa démarche en cela était exceptionnelle, mais voulant précisément faire une exception.

On le voit donc : la pensée du classicisme oriental a progressé d'une manière éclatante ; elle est entrée dans une nouvelle phase. De personnelle qu'elle était (ou du moins qu'elle avait l'air d'être), la voilà devenue impersonnelle. Ce qui ne semblait que la proposition d'un individu, devient la décision de deux corps savants,

---

(1) *Raisonnées*, disons-nous, en faisant allusion aux études réelles, et aux rapports duement élaborés, qui, soit à Metz, soit à Nancy, ont déterminé le vote des académiciens.

lesquels même y adhèrent jusqu'au point d'en accepter le patronage et de s'en constituer les zélateurs officiels.

Et par parenthèse, dans une matière que plus tard on reconnaîtra toucher de si près à la gloire et aux intérêts de la France, ce sera un titre d'honneur pour les deux Académies lorraines, que d'avoir eu le courage de leur intelligence, et de n'avoir pas attendu, pour arborer ce drapeau, que la foule l'eût déjà salué. Elles auront enrichi par là, d'un anneau de plus, la longue série des initiatives généreuses par lesquelles s'est toujours fait distinguer leur pays.

V.

EFFETS SECONDAIRES PRODUITS.

Parmi les autres Académies de province, si jusqu'à présent on n'en cite pas qui aient émis le même ensemble de vœux que Metz et Nancy, on assure que de la part de plusieurs d'entre elles, il n'y a sous ce rapport que simple délai. La chose n'aurait rien d'étonnant, d'après les lettres chaleureuses écrites depuis un an, par certains de leurs membres, lesquels déjà, quant à eux, sont arrivés à la pleine compréhension. S'ils ont pris, en effet, si carrément une honorable avance, pourquoi ne seraient-ils pas bientôt rejoints par des confrères instruits et raisonnables, qui n'ont besoin, pour se ranger au même avis, que d'un plus ample informé !

Au reste, il y a déjà une société académique dont on peut signaler la marche sous ce rapport, et à qui des éloges spéciaux sont dus : celle de Besançon. Elle a examiné les questions, c'est beaucoup ; elle les a résolues à sa manière.

Reconnaissant la réalité des devoirs de la France quant à l'extension de l'orientalisme, l'Académie de Besançon croit seulement qu'on pourrait les remplir moyennant un simple et unique foyer d'enseignement : moyennant l'École normale supérieure de Paris, où les futurs professeurs de nos lycées seraient astreints à suivre des cours orientalistes.

Certes un tel système serait toujours un grand progrès sur l'absence actuelle de mesures quelconques. Abstraction faite des inconvénients (sérieux, il est vrai) que pratiquement il implique, — il peut très-bien, dans la théorie, satisfaire aux exigences avouées. Du moins offre-t-il l'un des principaux avantages des propositions de Metz et de Nancy : celui de proclamer comme elles la nécessité classique du sanscrit (1).

---

(1) Entre les opinions individuelles émises au sujet de l'apparition de l'*Orientalisme classique*, il y en a eu d'excentriques, mais fort peu. Deux ou trois personnes, par exemple, auraient préféré que pour représenter le groupe sémitique, on fît choix de l'hébreu, plutôt que de l'arabe.

D'abord (et ceci suffirait), c'est dans la sphère philologique qu'il s'agissait d'opérer; or, soit au point de vue des formes grammaticales, soit sous le rapport de l'abondance des ouvrages qui forment sa littérature, l'arabe classique est incomparablement la principale, la plus riche, de tout le groupe du sémitisme.

Mais ensuite, des considérations d'un autre ordre mettaient l'hébreu hors de concours, et les conseilleurs eux-mêmes le sentiraient en y réfléchissant. Quel homme d'expérience, quel homme prudent, songera jamais à créer, dans seize parties de la France, seize chaires d'enseignement *officiel laïque* de la langue sacrée! Pourquoi risquer, sans nécessité, de rencontrer des questions délicates? Quand on se propose de fonder quelque chose de durable et de bon, on tâche de le fonder en paix; on ne s'en va pas volontairement le bâtir sur un terrain qui puisse donner lieu à des conflits.

VI.

NOTE.

La note suivante a circulé, comme propre à réveiller l'attention, et comme présentant un assez court résumé de l'état des choses.

« Répandre en France l'étude des principales langues orientales, mais surtout la connaissance du sanscrit, c'est une nécessité sur laquelle on commence à tomber généralement d'accord. Tout le monde convient qu'il y a « quelque chose à faire. »

« Mais quoi faire? quoi organiser? Mais que convient-il précisément d'entreprendre? — Là dessus, plusieurs opinions ont surgi.

« 1° Certaines personnes, partant d'un principe qui est vrai, mais dont elles poussent les conséquences plus loin peut-être que le souhaitable, et, — en tout cas, que le possible; — certaines personnes, disons-nous, voudraient que dès à présent le sanscrit prît une place formelle dans l'enseignement secondaire, à côté du grec et du latin.

« 2° D'autres, tout au contraire, se contenteraient de voir créer, à l'Ecole normale de Paris, une chaire centrale de sanscrit : chaire unique, mais dont les cours fussent rendus obligatoires pour tous les maîtres qui aspirent au professorat du grec et du latin dans les lycées.

« 3° D'autres, enfin, choisissant un système intermédiaire, demandent que l'on érige environ quinze chaires de sanscrit (et autant d'arabe littéraire), c'est-à-dire une dans chaque Faculté des Lettres.

« Or de ces trois partis à prendre, le premier soulèverait trop d'oppositions. Qu'intrinsèquement il vise à des résultats désirables, peu importe. Placé ou non sur la route de l'avenir, il n'est point dans les conditions du présent. C'est par d'autres voies, moins directes, que le sanscritisme viendra conquérir sur nos études classiques la juste influence qu'il a droit d'y exercer.

» Le second paraît fort commode ; il séduit par sa grande simplicité. Mais on a lieu de craindre, au dire des hommes pratiques, qu'il ne soit tout à la fois excessif et insuffisant. — D'une part, trop impérieux, il imposerait à tous les professeurs français un genre d'études qui ne convient (provisoirement du moins) qu'à une portion d'entre eux ; de l'autre, trop peu stimulant, il aurait l'inconvénient de ne créer, au profit des orientalistes, qu'une seule place à occuper, ce qui est une perspective beaucoup trop faible. Par là, d'ailleurs, on ne sortirait point des routines de cette centralisation exagérée, déplorable, qui ne sait rien faire germer hors de Paris.

» Quant à la troisième combinaison, qui est celle à laquelle se sont arrêtées les Académies de Metz et de Nancy, elle semble, par une foule de raisons, mériter la préférence. D'abord, elle n'amène rien de trop hâtif ; et comme elle se borne à la sphère de l'enseignement dit *supérieur*, c'est-à-dire de celui que distribuent les Facultés des Lettres, elle demeure dans les limites de l'opportun. Ensuite, elle allume, sur divers points de l'Empire, divers foyers, d'où se répandra la lumière du nouveau savoir. Enfin et surtout, ce système, par la création d'un nombre suffisant de chaires, fixes et rétribuées, possède l'avantage d'offrir aux jeunes savants un but d'ambition raisonnable ; un but assez à leur portée pour qu'en présence de l'espérance de l'atteindre, il puisse se former en France une petite phalange de sanscritistes et d'arabisants sérieux, regardant *comme une carrière* le professorat des langues orientales.

» Il faut toujours voir les réalités de la vie. Quel développement se promettre pour des idées qui ne conduiraient à aucune existence leurs partisans les plus fidèles ? Supposez le meilleur professeur possible de navigation ; et puis demandez-vous combien d'élèves, au bout de quelques années, assisteraient à son cours, s'il n'y avait en France, dans la marine commerciale ou maritime, qu'un navire, que deux navires en tout, où ils eussent la chance d'être admis quelque jour à monter ! »

VII.

FRAGMENT D'UNE LETTRE.

« On attache beaucoup trop d'importance à l'objection tirée du petit nombre actuel des étudiants de Faculté. Elle parait considérable, — et pourtant ce n'est rien du tout. — Souvent, en ce monde, il arrive qu'on ne peut pas faire le *moins* , et qu'on réussit très-bien à faire le *plus*.

« Il nous serait aisé de citer une certaine Académie, qui, défiante d'elle-même, se bornait à publier, sans époques fixes, quand *elle le pouvait*, un tome de ses travaux. Or elle le *pouvait* à peine tous les deux ans; à la fin, même, il lui fallait trente ou trente-six mois pour trouver de quoi le remplir. — Un beau matin, cependant, poussée, stimulée, elle prend son courage à deux mains; elle décide (non sans héroïsme, — croyant en cela courir un grand risque), qu'elle publiera, à tout hasard, un volume par an. — Eh bien, le volume fut-il trop mince? fut-il le tiers des précédents? Bah! Dès la première année il renferma pour le moins autant de matière qu'on n'en avait jusqu'alors pu réunir dans le double ou le triple de temps. Qu'est-ce donc plus tard? car, depuis lors, le nombre de pages n'a fait que s'accroître sans cesse.

« Il est possible, oui, très-possible, que tel cours oriental n'ait pas actuellement trois auditeurs, même au Collège de France. Fort bien; et puis...?

« Donc, disent les effrayés, il n'y a pas moyen de songer à établir ailleurs des cours semblables, car ils seraient plus vides encore. — Combien de hâte irréfléchie dans ce *donc* et dans ce *car!*

« Le cours actuel n'est pas suivi? — c'est tout simple. Seul qu'il est de son genre, il n'a l'air que d'une bizarrerie ; personne n'en entend parler ; et d'ailleurs il ne mène à rien dans le monde, il ne prépare de positions à personne.

« Au lieu de cela, créez-moi quinze chaires de la même langue, aujourd'hui si abandonnée ; placez-en une au chef-lieu de chaque rectorat ; laissez les professeurs agir, et puis n'y songez plus. Je vous assigne à dix ans d'ici.

« Avant que dix ans n'aient passé, chacune des quinze chaires (*chacune d'elles*, entendez-le bien) aura, dans sa province, plus d'auditeurs, à elle seule, que n'en possède à présent à Paris l'unique chaire dont vous déplorez la langueur.

« Pourquoi ? — C'est que le point de vue aura changé ; c'est que la notoriété aura commencé ; c'est que les amours-propres et les intérêts, double mobile de la plupart des hommes, seront venus en aide au pur motif intellectuel. »

VIII.

AUTRE FRAGMENT DE LETTRE.

« Au reste, tous les professeurs de Facultés des Lettres, s'ils comprennent leur position, doivent appuyer l'idée émise ; car tous ils ont à gagner quelque chose à ce que la Faculté dont ils font partie soit rendue vivace. Oui, ceux qui professent, par exemple, le grec ou le latin, auraient bien grand tort de croire que l'enseignement orientaliste, en s'établissant à côté du leur, y nuirait. Ce serait le contraire. Pour d'anciens hellénistes paresseux, que le sanscrit sera venu réveiller de leur torpeur, le grec aura repris de la valeur ; ils auront été mis en état d'y découvrir d'autres aspects, et ils y retourneront avec plaisir, comme à une science qui leur sera redevenue nouvelle.

» Et il y va, sachons-le bien, de tout l'avenir littéraire de la France. — Une telle assertion peut sembler exagérée, mais seulement faute d'examen. — Oui, DE L'AVENIR LITTÉRAIRE DE LA FRANCE. Ce n'est pas un homme ou deux qui se hasardent à en juger ainsi. Les plus forts connaisseurs s'en aperçoivent.

» Il ne s'agit plus de savoir, en effet, si le vieux classicisme ordinaire *pourrait* ou non nous suffire ; car « le vieux classicisme ordinaire » est en pleine décadence. Malgré de nobles efforts de régénération, tentés à l'Ecole normale ou ailleurs, c'est un fait visible, indéniable, que l'affaiblissement des études courantes. Nos lycéens, à coup sûr, sont loin d'être hellénistes comme le fut Racine, ou latinistes comme l'étaient les disciples du bon Rollin.

» Eh bien, à l'aspect de cette marche descendante, que rien n'arrête, il est temps de savoir prendre un parti. N'eût-on pas de goût aux choses neuves en tant que plaisir et que but, il faut les accepter comme remède ; il faut s'y décider de peur de pis. Aujourd'hui, quand toutes les études se meurent de somnolence, craindre le réveil et la nouveauté, cela n'aurait plus de bon sens. Le PROGRÈS est devenu nécessaire à titre de ressource; on en a un besoin indispensable, non point pour améliorer le *statu quo*, mais pour éviter le RECUL. »

IX.

UN COUP D'OEIL SUR LES CIRCONSTANCES.

Est-il possible de fermer les yeux sur la portée des suites que laisseront après eux les événements du Levant, et sur les relations permanentes qui ne peuvent manquer de résulter de ce premier grand rapprochement de l'Orient et de l'Occident!

Or, si les deux genres de chaires à établir dans toutes les Facultés des Lettres (l'une pour l'arabe des livres, et l'autre pour le sanscrit) sont nécessaires d'abord au point de vue classique; combien aussi ne deviendraient-elles pas utiles à titre secondaire, comme fournissant de premiers échelons vers la connaissance d'idiômes orientaux plus modernes!

Le goût du persan naîtrait aisément chez les auditeurs des cours de sanscrit. Rencontrant là, sur leur chemin, la source du zend et celle du perse (1), ils suivraient avec plaisir le fil par où, de ces deux langues mortes, on est conduit au persan. D'avance ils auraient appris à reconnaître beaucoup de racines de l'idiôme de Hâfiz et de Saadi.

Et quant au turc, il a beau être, linguistiquement parlant, aussi étranger à la famille sémitique qu'à la famille indo-germanique : comme c'est par centaines ou par milliers qu'il s'est approprié, avec la civilisation coranesque, les mots et les phrases qui en étaient l'expression; comme par conséquent il n'y a plus moyen d'apprendre un peu bien l'ottoman si l'on ne sait d'abord l'arabe (et l'arabe classique): c'est aux professeurs de cette dernière langue qu'il ap-

---

(1) Voir, ci-avant, la lettre à J. Mohl sur la langue perse.

partient naturellement d'être nos initiateurs pour le turc. La tâche d'en donner les premiers éléments, écheoira, sans objections, aux quinze ou seize titulaires des chaires arabes des Facultés (1).

Au reste, il ne serait plus seulement aveugle, il serait même ingrat, de continuer à ne rien faire de sérieux en faveur de l'orientalisme, quand de si beaux, de si nobles essais sont tentés par ses représentants, pour abattre les barrières qui semblaient encore le séparer de la masse des étudiants ordinaires.

Ce qui se passe à présent, par exemple, est quelque chose de prodigieux. Rien d'admirable, pour la manière dont elle prend naissance, comme la *Collection orientale* qui commence à se publier.

On manquait, en général, de livres orientaux. Ou l'on ne pouvait qu'à prix d'or s'en procurer d'imprimés, ou même la plupart d'entre eux ne l'avaient jamais été, et il s'agissait de les éditer pour la première fois : besogne des plus difficiles, comme chacun sait. La tâche n'en était pas moins devenue doublement nécessaire à cause de l'urgence ; car notre époque, à ce point de vue, n'est pas sans rapport avec le siècle de la prise de Constantinople, temps où les souvenirs de l'Antiquité allaient périr s'ils n'eussent été sauvés par l'élan de zèle érudit qui se manifesta tout à coup, et qui tira tant de parti de la machine de Guttemberg. Ce qui se passa pour le grécisme alors, a lieu maintenant pour l'orientalisme. La décadence du monde musulman, qui date déjà de loin, les crises surtout qui le bouleversent depuis cent ans pour le renouveler, ont déjà fait disparaître la plupart des manuscrits anciens que renfermaient la Turquie, la Perse, l'Egypte et l'Afrique. Si l'on ne se hâtait de rassembler, de comparer et de publier les meilleurs de ceux qui restent, il ne serait bientôt plus temps pour y réussir ; et l'on au-

(1) Bien entendu que pour le turc poussé plus loin et considéré en lui-même, il faut en outre, dans les domaines français, quatre chaires spéciales ; savoir : 1° deux à Paris (l'une au Collège de France, et l'autre à la Bibliothèque) ; 2° une à Alger, et 3° une dans la grande école orientale pratique dont on réclame l'érection, école qui pourrait être placée soit à Lyon, soit à Marseille.

rait à déplorer la perte d'ouvrages importants, pages mémorables de l'histoire de l'esprit humain.

Eh bien, tout ce qu'on désirait va s'opérer, ou plutôt s'opère déjà, par les résolutions récentes de la Société asiatique française; grâce surtout à la généreuse hardiesse de quelques-uns de ses membres qui, presque sans appui jusqu'à présent, soit d'en haut, soit d'en bas, ont eu le courage de concevoir et d'aborder cette œuvre colossale.

Les ouvrages orientaux les plus curieux et les plus rares, — ceux qui n'avaient été imprimés que par extraits, ou même qui ne l'avaient pas été du tout, — non seulement ils vont être publiés en entier, avec le soin raisonné qu'apportaient jadis les Turnèbe et les Casaubon, mais ils ne paraîtront qu'enrichis de traductions littérales, tout bonnement écrites en français. Or ces précieux volumes, qui réuniront au docte mérite d'une édition *princeps* l'avantage de renfermer leur vulgarisation la plus familière, moyennant quel prix se les procurera-t-on? — Ecoutez. — Moyennant le prix auquel on achèterait en librairie tout autre volume du même format; un volume, par exemple, de La Martine ou de M. Guizot (1).

De pareilles conditions sont incroyables, on pourrait presque dire qu'elles sont absurdes; mais tant mieux, cent fois tant mieux. A quoi ne condescend pas le zèle des savants dignes de ce nom! Jusqu'où ne va point leur amour du vrai et du beau!

Puisse-t-on les comprendre, à la fin! les soutenir! et ne pas, à force de sotte et ridicule indifférence, les obliger de rester en route! Ils donnent, sans bruit, leur temps et leur argent : ils ne peuvent pas faire davantage. Que le public, en acceptant leur sacrifice, sache du moins en profiter.

Dans tous les cas, et soit que la masse des acheteurs, si longue quelquefois à s'éclairer, devienne ou non, d'ici à longtemps, soigneuse de s'enrichir des trésors qu'on met si complaisamment à

---

(1) Ils seront mis en vente à 7. 50 le gros in octavo; sans préjudice des réductions, pour quiconque a droit d'en obtenir.

sa portée : espérons que dans les sphères supérieures, où existe plus de compréhension, la bienveillance ne tardera pas à se manifester par des actes, et que les Christophe Colomb de l'orientalisme trouveront bientôt une Isabelle.

Placé qu'il est dans des circonstances favorables à toutes les rénovations fondamentales, pourquoi le Gouvernement français, dont rien ne gêne l'initiative, ne se mettrait-il pas hardiment à la tête d'une idée si féconde? Evidemment il y a ici quelque chose à faire, et quelque chose de grand.

Or ce quelque chose, en quoi doit-il consister d'abord?

Dans les créations, aussi faciles que bien motivées, dont le projet, soumis à un double examen, est déjà indiqué à M. le Ministre de l'Instruction publique par deux corps savants : par les deux Académies lorraines.

Une telle mesure, également éloignée du trop et du trop peu, est le début convenable dans la nouvelle voie. Quoique modéré, le pas serait décisif; il permettrait d'attendre, et de réfléchir pour les résolutions ultérieures. — Les deux chaires d'ORIENTALISME CLASSIQUE demandées pour chaque Faculté des Lettres, c'est ce qui répond au degré actuel des besoins. *Plus* que cela n'est pas encore nécessaire; mais, dès à présent, il ne faut pas *moins*.

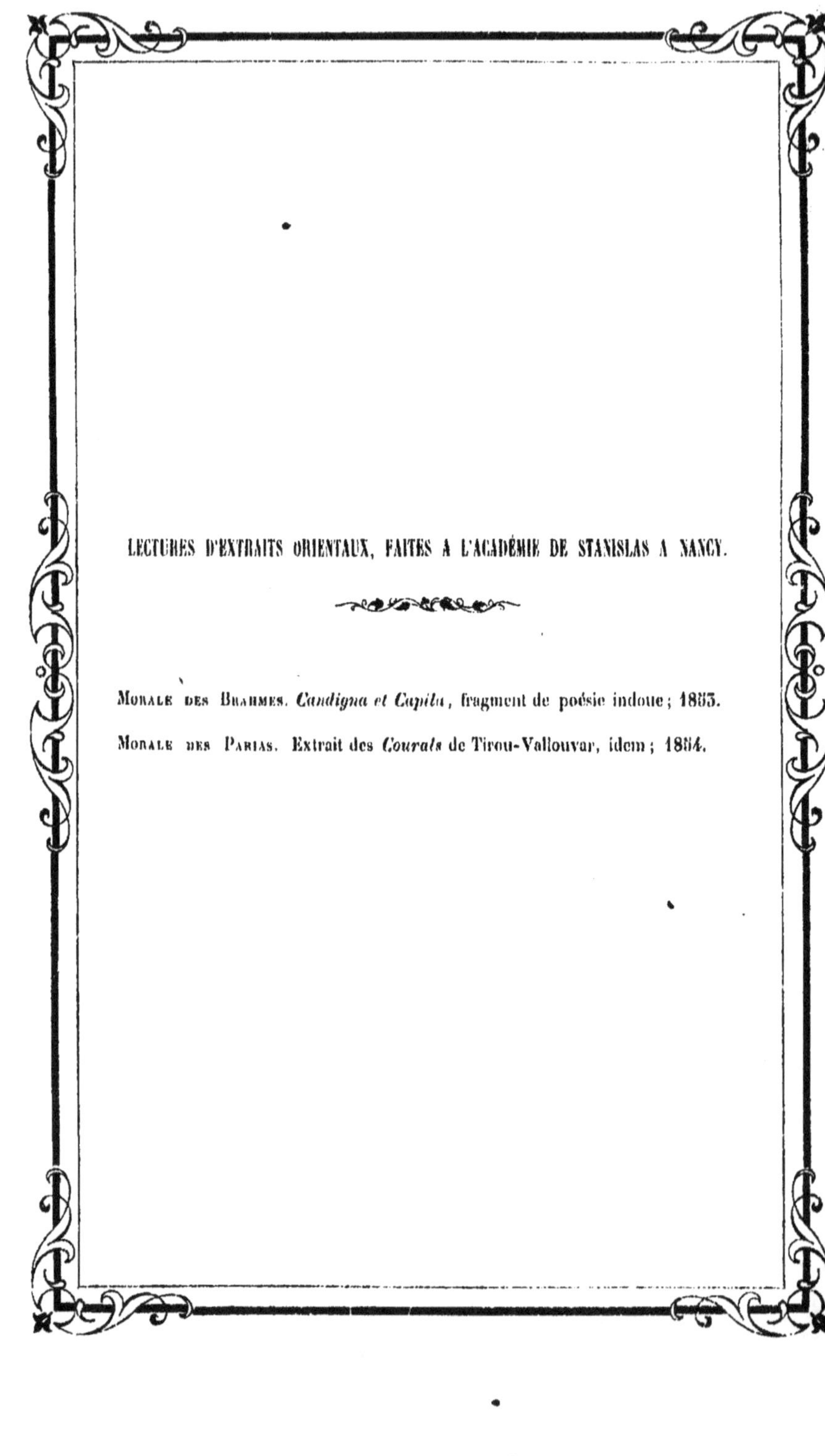

LECTURES D'EXTRAITS ORIENTAUX, FAITES A L'ACADÉMIE DE STANISLAS A NANCY.

MORALE DES BRAHMES. *Candigna et Capila*, fragment de poésie indoue; 1853.

MORALE DES PARIAS. Extrait des *Courals* de Tirou-Vallouvar, idem; 1854.

www.ingramcontent.com/pod-product-compliance
Lightning Source LLC
LaVergne TN
LVHW010622110826
845149LV00003B/1014

* 9 7 8 2 0 1 9 6 0 5 1 9 3 *